Johann Joachim Quantz

Leben und Werke des Flötisten Johann Joachim Quantz

Johann Joachim Quantz

Leben und Werke des Flötisten Johann Joachim Quantz

ISBN/EAN: 9783743375086

Hergestellt in Europa, USA, Kanada, Australien, Japan

Cover: Foto ©Raphael Reischuk / pixelio.de

Manufactured and distributed by brebook publishing software (www.brebook.com)

Johann Joachim Quantz

Leben und Werke des Flötisten Johann Joachim Quantz

Leben und Werke

des

Flötisten

JOHANN JOACHIM QUANTZ

Lehrers Friedrichs des Grossen.

Nach den Quellen

dargestellt

von

Albert Quantz.

Berlin, 1877.
Verlag von Robert Oppenheim.

400

Vorwort.

Von dem verstorbenen Hermann Mendel aufgefordert, für sein Musikalisches Conversations-Lexicon den Artikel »Johann Joachim Quantz« zu verfassen, war ich mir nicht unbewusst, dass hier ein Dilettant über einen Meister schreiben würde. Indess unterzog ich mich der Aufgabe, indem ich schon immer gewünscht, dass ein anderer »Berufener« das Leben des Genannten neu darstellen möchte, nämlich wie der in allem treffliche Altmeister Goethe eine solche Arbeit in seinem Briefwechsel mit Zelter (h. v. Riemer, I. Th., S. 15), — bei Gelegenheit des biographischen Denkmals, welches dieser dem Quantz'schen Zeitgenossen Joh. Christian Fasch 1801 errichtet, — gekennzeichnet hat. Ich begann also selbst die mir aufgetragene Skizze des Flötisten Quantz, — welche freilich bald über den anfänglichen Rahmen hinaus sich vergrösserte, — und zwar insofern mit besonderem Eifer, als es mir eben schien, dass eine von neuem unternommene Platzanweisung desselben in dem Reigen der vor-Mozart'schen Tonkünstler auch für die Gegenwart, hundert Jahre nach seinem Tode, nicht überflüssig sein möchte. Konnte doch selbst ein Mann von der umfassenden Einsicht Moritz Hauptmann's (s. dessen Briefe an Franz Hauser II. B., S. 109) gelassen äussern: »Quantz und die Flöte fehlen natürlicherweise auch nicht (am Denkmal Friedrichs des Grossen von Rauch), — wer wüsste jetzt was von

Quantz und dass er über die wahre Art die Flöte zu spielen ein Buch geschrieben, wenn Friedrich II. nicht wär', und nun ist er gar in Erz gegossen!« — Das Letztere ist freilich ebenso wenig zutreffend, als nothwendig; wünschenswerth aber möchte jedenfalls bei solchen Ansichten eines allgemein anerkannten Gelehrten eine Berichtigung derselben erachtet werden, wie sie von mir in den folgenden Blättern mit bestem Willen und Wissen nun geliefert worden. Wolle der soviel möglich auf erste Quellen gestützte Versuch von Seiten des Lesers mit Nachsicht beurtheilt werden!

Schliesslich entledige ich mich einer angenehmen Pflicht, indem ich den geehrten Herren Ober-Bibliothekaren und Custoden, besonders der Bibliotheken und Sammlungen zu Göttingen, Berlin, Dresden, Leipzig, Bonn, vor Allen namentlich den Herren Dr. F. Espagne, M. Fürstenau, A. Dörffel, sowie ferner den Herren G. Becker in Genf (Herausgeber des musik-internationalen Frageblatts), R. Eitner in Berlin, hiermit meinen wärmsten Dank für ihren Beitrag zum Zustandekommen des kleinen, aber nicht mühelosen Unternehmens ausspreche. Dem Andenken aber zweier daran theilnehmender, leider seitdem zu früh für die Kunst verblichener Freunde, der Herren Hermann Mendel in Berlin — Anreger des Gegenwärtigen — und Theodor Böttcher in Cannstatt, sei das Werkchen gewidmet!

Göttingen, im Sommer 1877.

Der Verfasser.

Johann Joachim Quantz, Königl. preussischer Kammermusikus, einer der ersten Meister im Flötenspiel und Lehrer Friedrichs des Grossen, auch fruchtbarer Componist und kenntnissreicher Schriftsteller, war aus niedrigem Stande hervorgegangen. Seine in Potsdam im August 1754 niedergeschriebene Autobiographie — s. Marpurg's Beiträge zur Aufnahme der Musik I. B. — enthält in der Hauptsache alles, was über seinen Lebens- und Entwickelungsgang zu wissen nöthig und wünschenswerth ist, ausserdem eine grosse Menge damit verflochtener interessanter und schätzbarer Nachrichten von Künstlern des damaligen musikalischen Europa. Wenn darum der Verfasser der nachfolgenden Skizze dieser trefflichen Quelle auch hier zu folgen hat, so gestattete sich derselbe doch nur einen Auszug des Wichtigeren daraus, was unsern Künstler selbst betrifft. Derselbe wurde zu Oberscheden, einem ansehnlichen Dorfe zwischen Göttingen und Münden im Hannoverschen, am 30. Januar 1697 geboren und protestantisch getauft und erzogen. Sein Vater war Andreas Quantz, Hufschmied daselbst, und seine Mutter hiess Anna Ilse Bürmann; als diese

1702 starb, verheirathete sich der Vater wieder, starb aber selbst 1707. Der kleine Joachim wurde von seinem Vater zu dessen Handwerke angehalten und noch auf dem Sterbebette ermahnt, zumal auch der aus dem Waldeckischen eingewanderte Grossvater und andere seiner Verwandten Schmiede waren. — »Allein,« sagt er, »die ewige Vorsehung, welche alles besser einzurichten weiss, als es die Sterblichen ausgedacht zu haben glauben, zeigte mir bald einen andern Weg zu meinem künftigen Glücke.« Sobald der Vater gestorben war, erboten sich zwei seiner Oheime in Merseburg, ein Schneider und ein Hof- und Stadtmusikus, Quantz in die Lehre zu nehmen, auch wollte eine an einen Prediger zu Lautereck in der Pfalz verheirathete Tante ihn studiren lassen. Allein weil er schon vom achten Jahre an seinen ältesten Bruder, der zuweilen die Stelle eines Dorfmusikanten vertrat, auf Hochzeit und Kirmess mit der deutschen Bassgeige, doch ohne eine Note zu kennen, hatte begleiten müssen: so hatte er am Handwerk seiner Vorfahren allen Geschmack verloren und wollte nur ein Musikus werden.*) (Nach einer mündlichen Ueberlieferung soll er bereits als kleiner Junge seinen Gespielen auf einer sogenannten Schallmei von Weidenbast tactmässige Musik vorgemacht haben, was seine frühe Anlage zur Musik bestätigen würde; gewiss ist, dass die Lage seines Geburtshauses, dem sogenannten Thie oder Platz für Volksbelustigungen

*) Vergl. hierzu die merkwürdig gleichlautende Stelle im § 3 der Einleitung zu Quantz's Anweisung die Flöte zu spielen.

gegenüber, an der damals durch das Dorf führenden Heerstrasse, ihn schon frühzeitig dem väterlichen Handwerk abwendig zu machen geeignet war. Es ist ferner wahrscheinlich, dass eine sechs Jahre ältere Schwester, welche dem Bruder nach Merseburg — wovon nun die Rede — gefolgt ist, schon im elterlichen Hause dessen treue und einverstandene Helferin gewesen sei.) Quantz begab sich also bereits 1708 im August nach Merseburg und trat bei obengenanntem Stadtmusikus Justus Quantz in die Lehre.*) Als dieser jedoch schon nach drei Monaten starb, blieb er bei dessen Nachfolger und Schwiegersohn Joh. Adolf (Adam) Fleischhack sieben und ein halb Jahr als Lehrbursche und nachher Geselle in Condition. Indem er des Letztern Geschicklichkeit, besonders auf der Violine, anerkennt, tadelt er jedoch seine Bequemlichkeit im Unterrichten und setzt hinzu: »Ich würde bei diesen Umständen gewiss in der Musik eben so weit zurückgeblieben sein, als meine Cameraden, wenn nicht die brennende Liebe zu dieser Wissenschaft, welche der Schöpfer, nebst einem guten Naturell, in mich gelegt hatte, mich zu eigenem Fleisse angetrieben und mir auch die beschwerlichsten Bemühungen in Erlernung der Ton-

---

*) »Ende des Jahres 1689 beschloss der hiesige Rath, der seitherigen Stadtpfeifer-Compagnie einen Dirigenten zu geben. Als Bewerber um diese Stellung trat auch der bereits seit 5 Jahren als Stadtpfeifer jener Compagnie angehörige Justus Quantus auf, und wurde ihm solche demnächst vor der Mitte des Jahres 1690 in der Eigenschaft eines Stadt- und Kunstpfeifer-Meisters verliehen.« (Mittheilung des Magistrats d. St. Merseburg nach den Acten.)

kunst, zum Vergnügen gemacht hätte.« Das erste Instrument, welches er erlernen musste, war die Violine, dann Hoboe und Trompete; nebenbei blieb er aber auch mit den übrigen, als Zinke, Posaune, Waldhorn u. s. w. nicht verschont, — nach damaliger Gewohnheit, welche keine Virtuosität auf **einem** Instrumente, wohl aber eine allgemeine Kenntniss der Instrumente überhaupt förderte, wie sie einem Componisten zu statten kommt. Den ersten Anstoss zu einem solchen gab ihm, wie er vermuthet, durch Grundlegung harmonischer Kenntnisse, die zu gleicher Zeit zu seinem Vergnügen begonnene Unterweisung auf dem Claviere, durch den Organisten Joh. Friedrich Kiesewetter, ebenfalls Schwiegersohn seines Onkels des Stadtmusikus.*) Schon damals begann sich bei ihm eine grosse Lust zur Composition zu regen, der er durch eigene Versuche in Kleinigkeiten, wie Märsche, Menuetten u. dgl. nachgab; es

---

*) Derselbe war, nach dem Pfarr-Archiv der Stadtkirche St. Maximi zu Merseburg, gebürtig von Angstädt im Schwarzburgischen, bisher Musicus instrumentalis bei dem Stadtpfeifer gewesen, bekam aber den Dienst als Stadtorganist, »weil er das Clavier wohl verstehet, nachdem er seine Kunst in Jena wohl gelernet;« er hatte denselben jedoch nur von 1707 bis 1712 inne, wo er starb. — Ein anderer Verwandter unsers Quantz, ein Sohn des Stadtmusikus, war der später von 1741 bis 1757 in den Dresdener Staatskalendern aufgeführte Hoftrompeter Joh. Christian Quantz, welcher in Merseburg, wo er Fürstl. Sächsischer Hof- (und Feld)trompeter genannt wird, ebenfalls aus der Stadtpfeiferei hervorgegangen war. — Auch wird als eines Jugendfreundes und Studiengenossen von Quantz, von Merseburg her, des mecklenburg-strelitzischen Concertmeisters J. Chrn. Hertel gedacht (Marpurg's Beiträge III. B., S. 60).

war die Folge des zwiefachen Vortheils, welchen er während seiner Lehrzeit in Merseburg genoss, nämlich dass sein Lehrherr Fleischhack, anders wie die meisten seiner Kunstgenossen, die besten der damals erscheinenden Sachen von Telemann, Melchior Hofmann, Heinichen u. a. sich aus Leipzig kommen liess, sowie dass die Stadtmusik oftmals die Herzogliche Capellmusik am Merseburger Hofe verstärken musste, wo sich zudem öfters gute Virtuosen von andern Höfen hören liessen. Inzwischen übte er sich fleissig auf der Violine, indem er durch eigenes Studium der Solos von Biber, Walter, Albicastro, besonders aber von Corelli und Telemann, es dahin brachte, dass er schon 1713 im December losgesprochen wurde, jedoch mit der Bedingung, noch ein Jahr für's halbe Gesellengeld weiter zu dienen. Weil er nun trachtete, in Orten wie Dresden oder Berlin sich weiterbilden zu können, und als 1714 am Merseburger Hofe unerwartet eine dreimonatliche Trauer einfiel, gedachte er schon damals in Dresden sich bekannt zu machen, musste aber diesmal noch weiterreisen und blieb in Radeberg, bei dem Stadtmusikus Knoll einstweilen in Condition tretend. Hier aber ereignete sich um Johannis ein schrecklich-trauriger Vorfall für das Städtchen, indem es durch ein Gewitter in vier Stunden gänzlich eingeäschert wurde, so dass auch Quantz nothgedrungen seinen Wanderstab weiter setzen musste und nach Pirna zum Stadtmusikus Schalle kam. »Dieses war eigentlich, wie ich aus der Folge ersehen habe, der von der Vorsehung mir bestimmte Weg, nicht nur meinen Wunsch, in Dresden bekannt zu werden, zu erfüllen, sondern auch dadurch mein künftiges Glück zu befördern,« schreibt er selbst; denn wenn der Stadtmusikus Heine in Dresden Hülfe nöthig hatte, pflegte er Gesellen aus den benachbarten Städten zu verschreiben, die Reihe traf öfters unsern Quantz und die Bekanntschaft mit Heine war eingeleitet. Von Pirna weiss er noch ganz besonders zu bemerken, dass er dort zuerst Vivaldi'sche Violinconcerte, eine damals ganz neue Art von Stücken, zu sehen bekam, welche ihn derart fesselten, dass er sich viele derselben sammelte und in Zukunft wegen ihrer »prächtigen Ritornelle« zum Muster nahm, — hat doch auch ein Seb. Bach eine Reihe derselben für Clavier bearbeitet. Jedoch musste Quantz im September dieses Jahres nach beendigter Trauer nochmals zurück nach Merseburg, um seinem Lehrherrn die versprochene Zeit von anderthalb Jahren noch auszuhalten. Schon damals, 1715, kamen ihm zwei vortheilhafte Gelegenheiten, in kleinern Capellen angestellt zu werden: als erster Violinist in Bernburg, wo er sich auch vor der fürstlichen Herrschaft hören liess, und als Hoboist an einem andern fürstlichen Hofe; er schlug aber beides aus, um nicht »unter Schlechten der Beste zu sein,« gleichwie er sich auch die besondere Gunst des Herzogs Moritz zu Merseburg, des »grossen Kunstpfeifer-Patrons,« verbat, der ihn als Trompeter lernen lassen wollte. Der Stadtmusikus Heine in Dresden nämlich, der ihn von Pirna her kannte, trug ihm zur selben

Zeit seine Dienste an, und diese letztern allen andern mit Freuden vorziehend, begab er sich im März 1716 nach Dresden. Hier wurde er bald gewahr, »dass das blosse Treffen der Noten, so wie sie der Componist hingeschrieben hat, noch lange nicht der grösste Vorzug eines Tonkünstlers sei.« Von Bewunderung und dem sehnlichen Wunsche erfüllt, dereinst auch ein leidliches Mitglied einer so hervorragenden Gesellschaft von Virtuosen zu werden, wie sie das Dresdener königliche Orchester unter Volumier's Anführung damals in Pisendel und Veracini auf der Violine, Pantaleon Hebenstreit auf dem Pantalon, Sylvius Leopold Weiss auf Laute und Theorbe, Richter auf dem Hoboe, Buffardin auf der Flöte aufzuweisen hatte, vergeht ihm hier alle fernere Lust an der Kunstpfeiferei und ihrem beschwerlichen Tanzspielen, was er aber noch zwei Jahre fortsetzt. Eine dreimonatliche Trauer 1717, wegen Todes der Mutter Königs August II., benutzt er zu einer Reise durch Schlesien und Mähren nach Wien, allwo ihm, wie er später bemerkt, Zelenka, der unter Fux studirte, einen Begriff von den Gesetzen des Contrapuncts in der Octave beigebracht hat, worauf er im October über Prag zurückkehrt. Sein guter Vortrag auf der Trompete beim Reformations-Jubelfeste in Dresden veranlasste den Capellmeister Schmidt zu einem Vorschlage, ihn auslernen und als Hoftrompeter in königliche Dienste aufnehmen zu lassen, was er nicht will, da auf diesem Instrumente der gute Geschmack nicht zu bilden sei.

So trat er denn 1718 im März, als die aus zwölf Personen bestehende Polnische Capelle*) errichtet wurde, mit 150 Thalern Gehalt und freiem Quartier in Polen, als Hoboist in dieselbe ein, indem er abwechselnd mit derselben in Warschau oder Dresden zubrachte. Ein Wendepunkt ganz besonderer Art sollte dies noch für ihn werden, indem er aus Verdruss, dass er sowohl auf Geige als Hoboe sich vor seinen Cameraden nicht hervorzuthun vermochte, sich ernstlich auf die bisher nur nebenher betriebene Flöte legte und sich etwa vier Monate des Unterrichts des berühmten Buffardin bediente, bei welchem er nur geschwinde Sachen spielen lernte, worin dieser glänzte. Zugleich setzte er für sich, aus Mangel eigener Stücke für dieselbe, verschiedene Sachen für die Flöte, konnte freilich noch keinen förmlichen Compositions-Unterricht geniessen, behalf sich aber mit dem Studium der Partituren gründlicher Meister, die er nachahmte, »ohne sie auszuschreiben,« und versuchte sich auch an Fugen, woran er, wie er gesteht, immer grosses Vergnügen gefunden. Den grössten Vorschub überhaupt, besonders im Vortrage des Adagio, ferner was den von Quantz später beständig bevorzugten sogenannten vermischten Geschmack**) anbetrifft, hatte er hier dem nachherigen Concertmeister Pisendel zu danken,

---

*) Auch kleine Kammer-Musik genannt; in derselben begann auch Franz Benda später seine Laufbahn.
**) Vergl. hierüber Quantz's Anweisung zur Flöte, XVIII. H., § 87 ff., sowie M. Fürstenau: Zur Geschichte der Musik und des Theaters am Hofe zu Dresden, II. Th. (Dresden 1862) S. 61.

einem »braven Tonkünstler und rechtschaffenen Manne,« der ihn seiner zunehmenden treuen Freundschaft würdigte. Joh. Georg Pisendel, zuerst Capellknabe in Anspach unter dem vortrefflichen Sangmeister Pistocchi und ein Schüler Torelli's daselbst, des Erfinders der Violin-Concerte, hatte seinen Geschmack später auf Reisen gebildet, was auch Quantz nachher unternahm. Vorläufig hatte dieser in Dresden die Genugthuung, 1719 bei einem Hoffeste u. a. zwei italienische Opern von Lotti zu hören, wozu die besten Sänger und Sängerinnen aus Italien eigens verschrieben waren, und zwar die (Herren) Soprane Senesino und Berselli, sowie die Damen Santa Stella Lotti, Gemahlin des genannten Capellmeisters und Operncomponisten, die Vittoria Tesi, die Durestanti und die Frau Hesse,[*]) Gemahlin des berühmten Violadagamba-Virtuosen und (später) Darmstädtischen Kriegsraths. Schon hier beginnt Quantz die mit Aufmerksamkeit verfolgten besondern Eigenschaften dieser Berühmtheiten zu charakterisiren, vergisst aber auch nicht, einen »ungeschliffenen Virtuosen-Streich,« welchen Senesino und Berselli gegen den würdigen Capellmeister Heinichen begingen, anzuführen, welcher die Ursache wurde, dass auf königlichen Befehl alle fremden Sänger abgedankt wurden und die Opern für diesmal ein Ende .hatten. Im Jahre 1722, wo Quantz mit der Capelle in Polen zurückbleiben musste, wurde die Besoldung der

---

*) Fétis (Biogr. univ. des Musiciens, II. éd., im Artikel Quantz) macht hieraus eine Faustina!

Mitglieder auf 216 Thaler erhöht; als er von der Absicht hörte, ihn zur weiteren Ausbildung nach Italien zu schicken, begab er sich sogleich nach Sachsen zurück, erfuhr aber, dass der Director der Polnischen Capelle, Baron von Seyfertitz, sein eifrigster Gönner, davon abgerathen hatte, ihn schon jetzt reisen zu lassen. Inzwischen pilgerte er im Juli 1723, in Gesellschaft des Lautenisten Weiss und des nachherigen preussischen Capellmeisters Graun, nach Prag, um die grosse und prächtige Oper, welche zur Krönung Kaiser Karls VI. unter freiem Himmel durch 100 Sänger und 200 Instrumentisten aufgeführt wurde, mit anzuhören. Die Oper hies »Costanza e Fortezza« und war von dem kaiserlichen Ober-Capellmeister, »dem alten berühmten Fux,« componirt; obgleich in einem ungewohnten prächtig-ernsten Styl gesetzt, machte dieselbe auf Quantz, der sie beschreibt, bei dieser Aufführung den günstigsten Eindruck.*) (Noch später in Berlin hat Quantz gegen Nicolai »mehr als einmal mit grosser Achtung von der Wirkung gesprochen, welche eine Oper von Fux, die er in seiner Jugend gehört hatte, ungeachtet ihrer damals schon etwas veralteten Schreibart, auf ihn gemacht hatte«.**)) Weil Fux am Podagra litt, hatte ihn — sein Werk

---

*) Vergl. auch L. v. Köchel: Joh. Josef Fux (Wien, 1872) S. 147 ff.; der Verf. giebt auch (Beil. III, 9) Quantz's gelegentliche Ehrenrettung des gleich zu nennenden F. Conti gegen Mattheson wieder.
**) F. Nicolai: Beschreibung einer Reise durch Deutschland und die Schweiz (IV. B. 1784. S. 525).

aufführen zu hören — der Kaiser in einer Sänfte von Wien nach Prag hertragen lassen und ihm den Platz in seiner eigenen Nähe angewiesen; den Tact aber gab der kaiserliche Capellmeister Caldara. Die berühmten damals in kaiserlichen Diensten stehenden Sänger, welche mitwirkten, waren besonders Orsini, Domenico und Carestini; im Orchester, für sich angeführt vom kaiserlichen Concertmeister Piani, spielte der originelle Componist und grosse Theorbist Francesco Conti die erste Theorbe. Weil nun wegen Menge der Zuhörer selbst Personen von hohem Stande zurückgewiesen wurden, wäre es unsern Reisenden ebenso ergangen, wenn sie sich nicht, Weiss als Theorben-, Graun als Violoncell- und Quantz als Hoboenspieler, für's Orchester hätten annehmen lassen, wodurch sie sogar die Oper in den vielen Proben desto öfter zu hören bekamen. Noch ist nicht zu vergessen, dass Quantz hier in Prag den damals in gräflich Kinsky'schen Diensten stehenden Geiger Tartini*) zu hören bekam.

Nachdem Quantz, wieder in Dresden angelangt, einen neuen von Seiten des Bischofs von Würzburg, vor dem er sich auf der Flöte hören liess, an ihn ergangenen Antrag ausgeschlagen, in dessen Capelle einzutreten, war endlich mit dem Jahre 1724 der ersehnte Zeitpunkt für ihn erschienen, wo er das gelobte Land der Kunst, Italien, kennen lernen sollte:

---

*) Sein Urtheil hier vergl. man mit dem, Anw. z. Fl. XVIII. 59. von ihm mitgetheilten.

der Graf Lagnasco — seine Gemahlin war eine Gräfin Waldstein, Kennerin der Musik und Quantz's Gönnerin — nimmt ihn als polnischer Gesandter an den römischen Hof mit sich. Quantz, in Polen weilend, macht sich reisefertig, und nach einer sechswöchentlichen Reise kommt er (11. Juli) in Rom an, voll Begierde, was die Menge der Kirchen und Klöster an Musiken böte, in sich aufzunehmen. Er bemerkt zuerst als etwas neues den kurz vorher durch Vivaldi in Rom eingeführten und beliebt gewordenen sogenannten lombardischen Geschmack, der aber vielleicht nur eine Nachahmung der schottischen Musik war.*) Durch das Herumlaufen in grösster Hitze und eine unvorsichtige Erkältung zieht er sich bald ein hitziges Fieber zu, begiebt sich, hergestellt, mit gehörigem Fleiss in die contrapunctische Schule des 72 jährigen gelehrten Francesco Gasparini, der, ein »leutseliger und ehrlicher Mann,« ihn nach sechs Monaten cum laude entlassend, sich ferner erbot, alles, was dieser noch in Rom componiren würde, unentgeltlich zu verbessern. Quantz hörte eine von seinem auch gefällig setzenden Meister componirte Serenata festlich aufführen, hörte dagegen sonst keine Virtuosen von grosser Bedeutung daselbst. Zu Anfang des Jahres 1725 setzte Quantz seinen Fuss in die schöne Stadt Neapel und erlebte hier wohl den Glanzpunkt seiner spätern Erinnerungen an den italienischen Aufenthalt. Denn hier lebte und wirkte

---

*) Vgl. Quantz's Anw. z. Flöte, XVIII. II., § 58.

der weltberühmte Ober-Capellmeister Alessandro Scarlatti,*) bei welchem damals eben Joh. Adolf Hasse, der nachherige Dresdener Ober-Capellmeister, den Contrapunct studirte, ausser Mancini, Leo und Feo; hier befanden sich gerade an Sangesgrössen Farinelli**) (Carlo Broschi) und die Tesi, welche Quantz gleich in einer Oper zu hören bekam: endlich hatte Quantz auch das Glück und die Ehre, zu Concerten gezogen zu werden, welche dem anwesenden Fürsten von Lichtenstein galten, in welchen Hasse, durch eine Serenate rasch beliebt geworden (»il caro Sassone« nannte man ihn), der unvergleichliche Violoncellist Francischello, die mehrgenannte Tesi und Farinelli auftraten, welch' Letzterer bei dieser Gelegenheit Quantz's Freund wurde. Doch wir müssen erst erfahren, wie Quantz mit dem alten Meister Scarlatti näher bekannt wurde: es war Hasse, in Neapel sein Stubengenosse, der ihn Scarlatti empfahl und trotz der abweisenden Antwort des Alten, den stets »falsch blasenden« Instrumentisten gegenüber, nicht abliess, bis er ihn einführen durfte. Dann liess sich vor dem anders blasenden Deutschen der grosse Scarlatti auf dem Clavicymbal hören, was er nicht so fertig, als sein Sohn Domenico (»Mimo«), aber gelehrt zu spielen verstand, begleitete ihm ein

---

*) Fétis (Biogr. univ. des Musiciens, II. éd., im Art. Scarlatti), nach I. éd. auch Bernsdorf, hat mit Confusionen betr. S. s. Geburtsjahr zu kämpfen, an denen wenigstens Quantz vollständig unschuldig ist.

**) Quantz nennt ihn stets Farinello.

Solo und componirte sogar für ihn ein paar Flöten-Solos; ja er wollte ihn auch in Portugiesische Dienste bringen, worin sein Sohn sich befand. — Schon Ende März verliess Quantz Neapel und kehrte nach Rom zurück, um, wie er sagt, das berühmte Miserere von Allegri am Charfreitag in der päbstlichen Capelle mit anzuhören.*) Hier wurden ihm vom Grafen Salm (nachher Bischof von Dornick), den er auf der Flöte unterrichtete, in dessen Gesellschaft er auch den Vesuv bestiegen, Dienste angeboten. Quantz blieb noch bis Ende October in Rom, beurlaubte sich dann vom Grafen Lagnasco und ging auf eigene Kosten weiter, zunächst nach Florenz, dann 1726 nach Livorno, Bologna, Ferrara und Venedig, überall Opern anhörend, besonders in Venedig, wo während des Carnevals zwei Opern von Porpora und Vinci gegeben wurden, in welchen Nicolino (Grimaldi), Gio. Paita und die Romanina (Bulgarelli) glänzten, und wo sich der Violinist Vivaldi, die Componisten Lotti, B. Marcello und Albinoni aufhielten. In Venedig durch den Grafen Lagnasco die königliche Erlaubniss erhaltend, nach Frankreich weiter zu gehen, reiste Quantz im Mai 1726 weiter nach Reggio und Parma; an letzterem Orte wurde eine Oper von Capelli**) aufgeführt,

---

*) Nach der »Legende einiger Musikheiligen« (von Marpurg, Cöln 1786) S. 268 hätte unsern Künstler zu dieser baldigen Rückreise von Neapel, nach nur zweimonatlichem Aufenthalt, ein romantischer, aber gefahrdrohender Zwischenfall bewogen! —
**) Ueber Capelli, Pergolese und Vinci vgl. Quantz's Anw. z. Flöte XVIII. H., § 63.

mit Farinelli, sowie den schon genannten Carestini und Paita als Sängern (des Erstern Sopran-Stimme wird hier besonders geschildert). Von Parma nach Mailand: hier abermals Farinelli und Ant. Pasi; die besten Sängerinnen und schönsten weiblichen Stimmen traf Quantz hier, wie sonst in Italien, unter den Nonnen in den Klöstern an. Ende Mai nach Turin, wo nur von dem tüchtigen Violinisten Somis und dessen damaligem Schüler Le Clair Notiz genommen wird, und nun über den Mont Cenis, Genf und Lyon nach Paris, wo er am 15. August 1726 eintrifft. — In Paris fand Quantz den vom italienischen damals so sehr verschiedenen französischen Geschmack vor, wie er noch nicht durch eine vorurtheilsfreie Beachtung der ausländischen Musik geläutert gewesen; er ergeht sich, für uns hier zu weitläufig, über die dortigen Opern (von Lully u. a.), über die Concerte, über gute Virtuosen wie Fortcroix (Forqueray) und Roland Marais auf Violadagamba, Guignon und Battiste als Violinisten, ganz besonders aber den Flötisten Blavet, der sich durch seine »Gefälligkeit und gute Lebensart« Quantz's freundschaftliches Andenken sicherte. Seinen siebenmonatlichen Aufenthalt bei den Franzosen, — denen er (Anw. z. Fl. I. H., § 4) die allererste Klappe an der Flöte zuschreibt, — scheint Quantz zu Verbesserungs-Versuchen der letztern besonders angewandt zu haben, denn in Paris liess er zuerst die zweite Klappe zusetzen, deren Begründung man in seiner Anw. z. Fl., III. H., § 8 nachlesen möge. Anfang 1727 von Dresden Befehl erhaltend, seine Rückreise zu beschleunigen, kann er doch der Begierde nicht widerstehen, auch England zu besuchen, und kommt den 20. März glücklich in London an. Nun traf er gerade die italienischen Opern unter Händel im grössten Flor und drei Virtuosen ersten Ranges, die Faustina — »zum Singen und zur Action geboren« —, die Cuzzoni und den früher genannten Senesino, darin beschäftigt; von den beiden Nebenbuhlerinnen entwirft Quantz die bekannten Schilderungen und sagt von Händel's Oper »Admetus« im Gegensatz zu einer Oper von Bononcini, dass »Händel's Grundstimme des Letzteren Oberstimme überwogen habe«. Das Orchester, meist aus Deutschen bestehend, war gut unter Castrucci's Leitung; von grossen Virtuosen als solchen waren neben Händel auf Clavier und Orgel nur der Violinist Geminiani und sein Schüler Debur, ein Engländer, zu nennen, sonst waren Pater Attilio, Operncomponist, und der berühmte Gesanglehrer Tosi noch in London anwesend. Man machte Quantz in Familien bekannt und suchte ihn, Händel selbst, in London zu fesseln, wozu er wohl Lust bezeigte, auch wollte die Gräfin Pembroke*) ihm ein Benefiz veranstalten; aller Versuchung widerstehend, glaubte er jedoch »die ersten Früchte seiner Reise dem Könige seinem Herrn schuldig zu sein,« und reiste vorerst wieder, über Holland, Hannover und Braunschweig, nach Dresden heim, wo er am 23. Juli wieder eintraf.

*) S. Chrysander: G. F. Händel.

Hören wir ihn nun selbst sich aussprechen. »Nun stellte ich über alles, was ich auf der Reise Gutes oder Schlimmes von Musik gehört hatte, Betrachtungen an. Ich fand, dass ich zwar einen ziemlichen Vorrath von Ideen gesammelt hatte, dass es aber nöthig sei, sie nach und nach erst in Ordnung zu bringen. Ich hatte zwar an einem jeden Orte, wo ich mich aufgehalten, etwas dem daselbst herrschenden Geschmacke Nachahmendes gesetzt; ich überlegte aber auch die Vorzüge, die ein Urbild vor einem blossen Nachahmer voraus hat. Ich fing also an, meine vornehmsten Bemühungen dahin zu richten, dass ich mir einen eigenthümlichen Geschmack bilden möchte, um wo möglich selbst ein Urbild in der Musik abgeben zu können. Allein hierzu zu gelangen, wurde Nachsinnen, Erfahrung und Zeit erfordert. Was ich also vordem in einer Stunde verfertigen konnte, dazu nahm ich mir nunmehr die Zeit von einem Tage; mehr als zu sehr versichert, dass die ersten Einfälle zwar manchmal gerathen, aber auch, wenn sie gleich nicht immer die schlimmsten, doch gewiss nicht allezeit die besten sind; dass vielmehr eine feine Empfindung und reife Beurtheilungskraft dazu gehöre, sie zu läutern und in gehörige Verbindung mit einander zu bringen: damit ein Stück nicht nur flüchtig hin und kurze Zeit, sondern wo möglich immer gefallen könne.« Zu diesem guten Vorhaben kam ihm der beständige Umgang mit dem richtig und durchdringend urtheilenden Pisendel (s. vorhin), ferner die schöne Musik in Kirche, Oper und Concert am Dresdener Hofe vortrefflich zu statten. Auch wurde seine in allem fortgeschrittene Tüchtigkeit im folgenden Jahre, im März 1728, durch Versetzung in die sächsische Capelle, mit Besoldung von 250 Thalern neben der aus der polnischen Capelle, belohnt; war er bisher Hoboist und Flötist zusammen gewesen, so legte er fortan den Hoboe bei Seite und trachtete nur immer vollkommener zu werden auf der Flöte, seinem jetzigen Lieblings-Instrument. — Quantz war nun, wie man sagt, ein gemachter Mann, und das Glück, so wetterwendisch zumal in der Kunstgeschichte, blieb ihm erst recht zur Seite. Denn ein Besuch (eigentlich Gegenbesuch), welchen König August II. von Polen im Mai 1728 in Berlin dem König Friedrich Wilhelm abstattete und in dessen Folge Quantz dorthin reiste, gleichwie auch Pisendel, Weiss und Buffardin dahin kommen mussten,*) wurde die entscheidende Veranlassung, dass der musikbegeisterte Kronprinz, nachher König Friedrich II. von Preussen, vor dessen Mutter der Königin sich Quantz hören lassen musste, sich entschloss die Flöte zu erlernen; darum musste

---

*) »Outre cela le roi de Pologne envoya les plus habiles de ses virtuoses à la reine, tels que le fameux Weiss, qui excelle si fort sur le luth, qu'il n'a jamais eu son pareil, et que ceux qui viendront après lui, n'auront que la gloire de l'imiter; Buffardin, rénommé pour sa belle embouchure sur la flûte traversière, et Quantz, joueur du même instrument, grand compositeur, et dont le goût et l'art exquis ont trouvé le moyen de mettre sa flûte de niveau aux plus belles voix«. (Mémoires de Wilhelmine, Margrave de Baireuth. Tome I, pag. 120.)

Quantz alle Jahre zweimal nach Berlin, Ruppin oder Rheinsberg kommen.*) Die Königin Mutter wollte Quantz schon gleich mit 800 Thalern Besoldung nach Berlin ziehen, aber sowohl August II., als auch 1733 dessen Nachfolger August III., welcher seinem viel begehrten Flötisten denselben Gehalt bewilligte, wollten ihn wenigstens nicht entlassen. Um auch den Markgrafen von Bayreuth, den Gemahl der Wilhelmine, auf der Flöte zu unterrichten, wurde Quantz in jener Zeit bisweilen nach Bayreuth berufen. 1734 gab er als erstes Werk seine sechs Flöten-Solos heraus, bekennt sich aber in seiner Autobiographie nicht zu andern schon lange vorher unter seinem Namen in Holland erschienenen Sonaten. Am 26. Juni 1737 verheirathete er sich mit der verw. Frau Anna Rosina Carolina Schindler, geb. Hölzel, — (welche trockene Notiz seltsam, aber selbstverständlich mit der nach seinem Tode veröffentlichten Erzählung in Marpurg's »Legende« contrastirt.**)) Das Jahr 1739 bezeichnet noch den Anfang, wegen Mangels guter Flöten selbst — welche zu bohren und abzustimmen, wovon er in der Folge keinen Schaden gehabt zu haben bekennt.

---

*) Mosen's Trauerspiel »Der Sohn des Fürsten« stellt diese Zeit sehr anschaulich, sowohl politisch, als musikalisch dar; die Episoden mit Quantz mit poetischer Freiheit, denn nicht dieser, sondern Fredersdorf war z. B. in Cüstrin.

**) Die Erzählung von der lustig-listigen Weise (umgekehrt, wie im Don Quixote), wie die Madame Schindler die neue Frau Quantz's wurde, ist bekannt genug. Ob diese die Wittwe des Dresdener Hornisten Andreas Schindler (im Staatskalender bis 1737 aufgeführt) gewesen, wie Einige vermuthen lassen, ist unentschieden.

Im November 1741 wurde Quantz zum letzten Mal nach Berlin berufen und ihm zugleich vom nunmehr selbst herrschenden Friedrich II. so vortheilhafte Bedingungen vorgehalten, dass Quantz seinen Abschied von Dresden nochmals erbat und auch erhielt. Im December bereits trat er die königlich preussischen Dienste an: »die Freiheit, nicht im Orchester, sondern nur in der königlichen Kammermusik zu spielen und von niemands als des Königs Befehl abzuhangen«, daneben 2000 Thaler Besoldung auf Lebenszeit, besondere Bezahlung seiner Composition, 100 Dukaten für jede Flöte, die er liefern würde. Im Jahre 1752 trat Quantz mit dem gereiften Werke seiner Nebenstunden, dem schon mehrfach angezogenen »Versuch einer Anweisung die Flöte trav. zu spielen«, hervor, erfand auch »bei einer gewissen Gelegenheit« den Aus- und Einschiebekopf an der Flöte, »vermittelst dessen man dieselbe, ohne Wechselung der Mittelstücke und ohne der reinen Stimmung Eintrag zu thun, um einen halben Ton tiefer oder höher machen kann«.[*]) — Schon seit 1732 und bald darauf waren Künstler wie Karl Heinrich Graun (damals Kammersänger), Franz und Joseph Benda, Ehms u. s. w., theils von Quantz empfohlen, die Zierde der Rheinsberger Capelle; die nun mit Friedrichs Regierung (mit Mattheson zu reden) zu Berlin aufgehende Sonne der Kunst, welche hell in des

---

[*]) Auch Pfropfschraube genannt und bewährt geblieben; vgl. Quantz's Anw. z. Fl., I. H., § 10 ff; IV. H., § 26.

Fürsten kriegerische und politische Thätigkeit, am hellsten um 1750, hineinstrahlte, hält auch Quantz für überflüssig insbesondere zu beschreiben. Nur ein von ihm, vermuthlich weil es noch in Aller Munde war, nicht erwähntes bedeutungsvolles Ereigniss, Sebastian Bach's Besuch in Berlin 1747, hätten wir gern von ihm vernommen, der ohne Zweifel Zeuge dieser Begebenheit gewesen. Quantz schliesst seinen merkwürdigen Lebenslauf mit den Worten: »Auf diese Art hat die göttliche Vorsehung mich geführt und mein Verlangen, das ich seit vielen Jahren, in Zeiten, da noch nicht der geringste Schein dazu war, immer gehabt habe, entweder in Dresden oder in Berlin mein Glück zu machen, an beiden Orten erfüllt. Ich danke es derselben und der Gnade des Königs, dass ich mich hier noch in erwünschtem Wohlsein befinde.«

Als Meister von Allen geschätzt, unter wahrhaft königlich gewährten Bedingungen am Hofe des grossen Friedrich auf Lebenszeit angestellt, deffen fast beständiger musikalischer Gefährte er bleiben und dessen dauernder Gunst und Freundschaft er gewürdigt werden sollte,[*]) verlebte Quantz in Berlin dreissig Jahre eines otium cum dignitate, welches sehr verschieden ist von seinen an wechselnden Erlebnissen reichen Lehr- und Wanderjahren. Der künstlerische Einfluss desselben auf alles, was sein

---

[*]) Am zuverlässigsten belehrt uns F. Nicolai über dieses Verhältniss in seinen »Anekdoten von König Friedrich II. v. Pr. und von einigen Personen, die um ihn waren« (2 B. 1788—92).

König in Bezug auf Capelle und selbst Theater unternahm, war bedeutend, und dieser pflegte fast jedesmal den Rath seines verständigen und freimüthigen Lehrers einzuholen, nicht als ob er Talent und Wissen Anderer weniger geschätzt hätte, sondern weil ihm einmal Quantz von den kronprinzlichen Tagen her durch das Medium der Flöte vor Allen näher getreten war. Quantz's Flöten-Solos für den König, deren er zweihundert componirt, sowie die dreihundert Concerte für denselben, theils für zwei Flöten, waren neben Solfeggien dessen tägliches der Reihe nach vorzunehmendes Repertoir, welches er zu seinen Uebungen oder den abendlichen Kammer-Concerten bedurfte; Quantz war bei den letzteren meist nur als Leiter und Zuhörer zugegen, um dessen Beifall der königliche Spieler sich dann bemühte.*) Dass Quantz als des Königs vertrauter Kammermusikus diesen auch im Frieden z. B. nach dem Bade Pyrmont oder dem Lustschloss Salzdahlum begleitete, in Kriegszeiten ihm z. B. in's Winterlager nach Leipzig (1760—61) nachfolgte, theilte er sonst auch mit Andern von des Königs Umgebung, wie denn der Feldherr-Philosoph überhaupt seine friedlichen Kunst-Verbindungen auch im Kriege mög-

---

*) A. Menzel's berühmtes Gemälde in der K. National-Gallerie: »Concert Friedr. d. Gr.« — Nähere Nachrichten über Fr. d. Gr. Musikübung findet der Leser in den Werken von Burney (Tagebuch s. mus. Reisen, 3. Band, 1773), Reichardt (Mus. Kunstmagazin 1791), Zelter (Fasch, Berlin 1801), König (Hist. Schild. Berlin's, 5. Theil), Preuss (Fr. d. Gr., 1. Band).

lichst aufrecht zu erhalten strebte. Nur hatten diese andern Musiker, wie Em. Bach, Fasch, Agricola, was Gehaltszahlung oder Zulage betraf, während des siebenjährigen Krieges ihren besser gestellten Collegen zu beneiden. Obgleich Quantz's Thätigkeit zunächst durch den recht eigentlichen Dienst für seinen König und Herrn in Anspruch genommen wurde, wirkte er doch auch verdienstlich genug durch eine Reihe anderer Thätigkeiten in seiner Kunst überhaupt. Unter seinen Schülern auf der Flöte sind noch zu nennen: J. Jos. Frd. Lindner aus Franken, Neffe Pisendel's (k. Capelle zu Berlin), Gg. Gotthelf Liebeskind aus Altenburg (Capelle zu Anspach), G. W. Kottowsky aus Berlin (Capelle zu Dessau), Augustin Neuff aus Graz in Steiermark (k. Capelle zu Berlin). In der Composition und im Contrapunct unterrichtete er, wohl hauptsächlich nach Fux, den nachherigen Hofcomponisten Agricola,[*] Franz Benda,[**] Nichelmann,[***] auch Just. Jac. Kannegiesser aus Hannover (Violinist, k. Capelle zu Berlin).

---

[*] »Auch brachten ihm die scharfsinnigen Beurtheilungen des Herrn Quantz, welchem er jederzeit seine musikalischen Ausarbeitungen zu zeigen die Erlaubniss hatte, nicht weniger besondern Vortheil.« (Marpurg's Beiträge I, 150 im Leben Agricola's.)

[**] »Den ferneren, und zwar überaus wohl angelegten Unterricht in der musikalischen Setzkunst hat er dem Herrn Quantz zu verdanken«. (Hiller's Wöch. Nachrichten, I. Jahrg. 25. St. im Leben Benda's.)

[***] »(Quantz) ging zu dem Ende die unterschiedlichen Arten des Contrapuncts, nach Fuxischer Anweisung, noch einmal mit ihm durch« u. s. w. (Marpurg's Beitr. I, 437 im Leben Nichelmann's.)

Die Zahl derjenigen Schüler, welche sich überhaupt nach Anleitung seines Lehrbuchs gebildet, möchte wohl im vorigen Jahrhundert eine sehr grosse gewesen sein, da diese erste deutsche Flötenschule bis gegen Ende desselben in drei Auflagen und zwei Uebersetzungen verbreitet war und vermöge ihrer technischen Brauchbarkeit und durch ihren über diese hinausstrebenden allgemein ästhetischen Inhalt lange Zeit ihr Ansehen behauptete.*) Der Vertheidigung dieses Werkes und seiner Lehrmethode galt die Ausfechtung eines literarischen Streites in Marpurg's Beiträgen, welchen ein Dilettant, Joachim v. Moldenit zu Hamburg, gegen Quantz angeregt hatte. Weil nun dieser anfangs aus lebendigem Antheil an allem, was seine besondere Kunst zu fördern schien, mehr als ihm nachher lieb sein mochte, den Moldenit'schen vermeintlichen Erfindungen d. i. Charlatanerien seine Zeit und sein Interesse geopfert, so bekam er in einer musikalischen Gesellschaft, welche unter Marpurg's Leitung die »kritischen Briefe« herausgab, davon den pseudonymen Scherznamen »Neologos«, unter welchem er die vier Briefe über den Streit Marpurg's mit dem Organisten Sorge verfasste. Die Verbesserungen an der Flöte, welche ferner durch Schaffung einer gründlichen Schule und angemessenern Literatur erst zum Range eines den übrigen

---

*) Vgl. die neuere Würdigung in Bitter's Em. Bach (Berlin, 1868) I. B., S. 91. — Zu seiner Zeit wurde das Werk recensirt in der Bibl. d. sch. Wiss. u. fr. Künste (Leipzig, 10. B., 1. u. 2. St. im Gefolge Em. Bach's.)

ebenbürtigen Kunstwerkzeugs erhoben wurde,*) sind schon erwähnt; auch gab sich Quantz, wie gesagt, persönlich mit der Verfertigung von Flöten ab, zunächst für das königliche Bedürfniss. Neben jenem Solo-Werk in Dresden gab er nur noch 1759 in Berlin als Op. 2 seine sechs Duos für zwei Flöten ohne Bass heraus, welche zwar sehr beifällig aufgenommen, von Kirnberger jedoch betreffs ihres in der Vorrede dargelegten Plans angefeindet wurden, — ein fernerer in den »kritischen Briefen« zu verfolgender Federstreit damaliger Zeit. Eben so selten, wie übrigens von Quantz's Compositionen einzelne an gute Freunde oder in's weitere Publikum gelangten, fanden seine Zeitgenossen Gelegenheit, ihn als ersten Meister seiner Zeit im Flötenspiel zu bewundern: letzteres war in seinem eigenen Hause oder in den Privatconcerten seines Freundes des Advocaten Krause der Fall.· Ueber seine Bedeutung als Virtuose waren Alle in Anerkennung einig, wenn Marpurg**) z. E. ausruft: »Was soll ich von einem sich nur selber ähnlichen und durch die schmeichelnden Töne seiner Flöte die frostigsten Sinne unver-

---

*) Dass dies nicht zuviel gesagt, beweist die Kunstgeschichte vor Quantz's Zeit; wieweit ferner aber Quantz's Fortschritt vorhielt, darüber enthalten die Aufsätze von Ribock aus Lüchow im Hannoverschen (Cramer's Magazin d. M. 1783, auch eine besondere Schrift), A. E. Müller (Allg. mus. Ztg. 1798), J. Hr. Liebeskind, einem Sohne des Quantz'schen Schülers (das. 1806—10) das Material. Vgl. auch C. F. Becker's Literatur.

**) Critischer Musicus I. B. (1750) I. St.

merkt überschleichenden Quantz sagen —α? Auch sein erhabener Schüler Friedrich schreibt bereits am 23. Nov. 1738 von Rheinsberg an seine Schwester nach Bayreuth:*) »Je voudrais que la flûte de Quantz, qui parle infiniment mieux que lui, puisse vous dire par ses sons les plus sonores, les plus touchants, par les adagios les plus pathétiques, tout ce que mon coeur pense etc. — Si vous vous sentez toucher par ces sons vainqueurs de nos sens, etc. — Le feu de ces allégros est le vif emblème etc. —«

Die seltene Gunst seines kunstsinnigen Monarchen hatte auch dem langjährigen treuen Lehrer und Freunde ein »Sorgenfrei« ermöglicht: Quantz lebte in angenehmen Verhältnissen, verheirathet, doch ohne Kinder, auf seinem Besitzthum vor dem Potsdamer Thore (jetzige Köthener Strasse). Gross und stark von Körper und im Besitz einer dauerhaften Gesundheit, war es ihm beschieden, bis in's hohe Alter in seiner geliebten Kunst thätig zu sein; in Potsdam weilend, starb er daselbst am Schlagfluss nach Anhang No.1. kurzer Krankheit, am 12. Juli 1773 im 77. Lebensjahre. Der König, welcher während seiner Krankheit selbst Arztes Stelle versah (einer Lieblings-Neigung zufolge?) und ihm alle Pflege angedeihen liess, ehrte das Gedächtniss des geschiedenen Meisters durch Errichtung eines Denkmals von Sandstein auf

---

Anhang No.4. *) Oeuvres de Frédéric le Grand. Tome XXVII (Berlin 1856).
— Quantz reiste zum Unterricht eben dahin ab.

seinem Grabe,*) welches, von den Brüdern Ränz verfertigt, die trauernde Muse und den Genius mit gesenkter Fackel darstellt. Am schönsten giebt wohl eine glaubwürdige Erzählung das theilnehmende Verhältniss zwischen König Friedrich und seinem Flötenspieler wieder, es sei deshalb gestattet, sie hier einzuschalten. »Quantz hatte, da er im Jahre 1773 starb, gerade von seinem 300. Concerte das erste Allegro und das Adagio fertig; der König liess sich die Schreibtafeln bringen, worauf sie Quantz entworfen hatte (pergamentene Folio-Blätter mit Notenlinien von rother Oelfarbe, auf denen er oft mehrere Concerte zu gleicher Zeit in Partitur mit Bleistift hinzuschreiben pflegte), und machte ganz in Quantz's Geiste das letzte Allegro dazu, nachdem er die Schreibtafeln etwa vier Wochen lang bei sich gehabt hatte. Jenes Adagio, das letzte Werk des Componisten, hatte eine simple und sehr rührende Melodie. Der König sagte, nachdem er dieses Concert mit seiner Kammermusik gespielt hatte, zum Concertmeister Franz Benda: »Man sieht, Quantz ist mit sehr guten Gedanken aus der Welt gegangen.«**) Am 6. August 1773 liess man im »Concert der musikalischen Liebhaber« zu

---

*) Es ist noch erhalten, mit Inschrift versehen und erneuert, nachdem es, nebst den Ueberresten, von dem Kirchhofe in der Nauen'schen Vorstadt Potsdams nach dem in der Teltower Vorstadt übertragen worden. S. Ferd. Meyer: Berühmte Männer Berlins und ihre Wohnstätten. (II. B., Berlin 1876, S. 59.)

**) F. Nicolai in seinen »Anekdoten« I. B. S. 250, in einem längern und sehr interessanten Bericht über »des Königs musikalische

Berlin eine Cantate auf Quantz's Tod aufführen, deren Textbuch noch auf der königlichen Bibliothek vorhanden ist (Componist unbekannt). Von Quantz enthält der 4. Band der Nicolai'schen Allg. Deutschen Bibliothek vom Jahre 1767 als Titelkupfer ein Bildniss, gestochen von Schleuen; im Neuen Palais bei Potsdam, im Corridor des kleinen Theaters, befindet sich ein Brustbild Quantz's in Oel gemalt, welches der 1875 verstorbene Kammermusikus Moritz Hanemann testamentarisch dem Deutschen Kronprinzen hinterlassen. (Das nach Gerber's T. K. Lexikon noch 1770 auf Schloss Fantaisie bei Bayreuth befindliche Oelgemälde Quantz's von May ist seitdem verschwunden; desgleichen ist unbekannt, wo sich eine Zeichnung in 4° von Frank, damals in der Em. Bach'schen Sammlung, jetzt befindet.)

Ein solches Leben wie das bisher geschilderte wird man immer mit dem Antheil betrachten müssen, welchen jeder durch eigene Kraft tüchtige Mensch beanspruchen darf, und von Quantz möchte wohl das Wort gelten können, dass er seines Glückes Schmied gewesen! Jeder charakterfeste Mann und wahre Künstler hat auch schwache Seiten aufzuweisen gehabt, welche richtig darzustellen, wie alles andere, die Aufgabe jedes Geschichtschreibers sein

---

Compositionen«. — Das Concert »Nr. 300« in c-moll von Quantz, anlässlich des 100. Todestages des Componisten durch einen gnädigen Act Seiner Majestät Kaisers Wilhelm in meinen Besitz gelangt, enthält nur im Charakter des Mittelsatzes (Lento f-moll, Begl. »con sordini«) eine Bestätigung obiger Erzählung.

wird. Wenn darum ein auf redliche Ausbeutung der ihm geliehenen Naturgabe gegründetes starkes Selbstbewusstsein — man denke auch an Händel's ähnlichen Charakter — sich gelegentlich in Zügen von Stolz oder Eifersucht äusserte, wie sie von Quantz erzählt werden und wie sie wohl durch den Brief des Kronprinzen Friedrich an seine Schwester in Bayreuth vom 12. Januar 1736[*]) bestätigt sind, worin dieser schreibt: »Vous trouverez Quantz d'un orgueil plus insupportable qu'il ne fut jamais, et le seul moyen d'en venir à bout est de ne le pas traiter trop en grand seigneur«; wenn dieses, sage ich, nicht zu leugnen, so vergesse man dagegen auch nicht, seine selbstlose Gefälligkeit gegen Freunde, überhaupt sein durchaus rechtschaffenes Wesen hinzuzusetzen. Quantz war wohl ernsthaft und rauh von aussen, aber ehrlich und zuverlässig; von Riehl[**]) sogar bezeichnet als »am Hofe Friedrichs des Grossen und auf Reisen freier und weltmännischer gebildet«, fehlte ihm doch auch nicht jene Grundlage bürgerlichen Sinnes, welche vor Allen Seb. Bach auszeichnete und so grossen Einfluss auf die Erhebung der deutschen Kunst gewinnen liess. Quantz's Stellung als Künstler inmitten seiner Zeitgenossen, seine Vor-

---

[*]) Ceuvres de Frédéric le Grand. Tome XXVII. (Berlin Anhang No.4 1856.) — Wenn auch die Anekdote vom Räthsel Em. Bach's (s. Zelter's Rede in Preuss III. B.) wahr sein mag, so hat übrigens schon Nicolai eine Erzählung in den »Beiträgen zu den Anecdoten und Charakterzügen aus dem Leben Friedrichs II.« (Berlin 1788, S. 84—91) als für beide Theile gleich unwürdig zurückgewiesen.

[**]) Mus. Charakterköpfe I. B., im Kapitel über Mattheson.

züge und Mängel, begreift man am richtigsten, wenn man die Bedingungen und Verhältnisse voraussetzt, unter denen seine künstlerische Ueberzeugung reifte, in welchen seine festgehaltene Ansicht von der Vortrefflichkeit der durch A. Scarlatti begründeten und von seinen Schülern weiter gepflegten Musik-Art wurzelt. Hierin ging er in seinen besten Jahren ganz und voll auf und vermochte im Alter nicht mehr dem Anbrechen einer neuen Zeit sich anzubequemen, von diesem Gesichtspunkt aus muss auch seine nicht ohne Einfluss gewordene Thätigkeit als Tonsetzer betrachtet werden.*) Auf Italiens, auch von Quantz durchschwärmten damals musikclassischen Boden war die Richtung erwachsen, welcher Hasse in Dresden, wie Graun in Berlin huldigten; nur dass gerade in Berlin die einschmeichelnde Schönheit Hasse — Graun'scher Arien durch Em. Bach, den Sohn —, auch Agricola und Kirnberger, die Schüler des einsamen Heroen Seb. Bach, sich mit des Letztern deutscher Tiefe und Strenge versöhnen lernte. Der instrumentale Theil dieser Entwickelung, welche zuletzt auf Joseph Hadyn hinwies, ist es, welchem gleich den Graun's, Benda's und besonders Em. Bach, gewiss kaum als ein Geringerer, auch der Flötist Quantz angehört, dem wir vor Andern die Ausbildung der ursprünglich italienischen Form des Concerts verdanken. Von seiner Begeisterung für die Herstellung eines allgemeinen guten Geschmacks aus den

---

*) Vgl. Reichardt's Autobiographie (A. Mus. Ztg. 1813, Nr. 37 ff).

besten Elementen verschiedener war schon die Rede; dasselbe Bemühen der tüchtigsten Componisten und Virtuosen damaliger Zeit hat eben auch die Durch- und Weiterbildung der Instrumentalmusik veranlasst, welche nachher in der Wiener Tonschule ihre Blüthe feierte. Wenn Quantz sich gelegentlich an den zahlreichen Oden-Sammlungen als Componist betheiligte,*) so machen doch diese Beiträge, wie auch sein auf Veranlassung eines Freundes herausgegebener Versuch in Kirchen-Melodien eben nicht sein eigentliches Wesen als Tonsetzer aus.**) Quantz, obgleich er sehr wohl schönen Gesang auf dem Gipfel derzeitiger Vollendung beurtheilen gelernt, war dennoch sozusagen unter Instrumenten aufgewachsen, wählte nachher die Flöte zum Gegenstande seines besondern Fleisses und Nachdenkens und setzte also auch für sie fast ausschliesslich, wobei er jedoch seine meisterhafte Beherrschung des Instruments nicht auf Kosten des gründlichen und gedanklichen Inhalts der Composition hervortreten liess. So sind wohl seine mehr melodischen Solo-Sonaten Op. 1, seine vorzugsweise

---

*) Auch theoretisch in der Gegenschrift zu Graun's Oden-Sammlung von 1761, welche wieder eine Vertheidigung Graun's (Marpurg's) durch Wenkel hervorrief. (Krit. Briefe II. B., S. 49.)

**) »Quantz, der ausgezeichnete Flötenvirtuose und ehrenwerth strebsame Mann, hatte mit seinen Weisen für Gellert's Lieder überhaupt nur eine einmalige Huldigung dem verehrten Dichter dargebracht, auf einem Gebiete, das nicht das seinige war.« (v. Winterfeld: Der evangelische Kirchengesang u. s. w. III. Th., Leipzig 1847, S. 482, am Schlusse einer ausführlichen Darstellung.)

als contrapunctisch gelungen beurtheilten*) Duos Op. 2 mit lesenswerthen Vorbemerkungen, seine übrige Kammermusik, sowie besonders seine zahlreichen, jedoch ungedruckten Concerte zu betrachten. Ueber letztere, deren mir bekannt gewordene Stücke aus verschiedenen Zeitläufen jedenfalls unter sich einen Fortschritt zeigen, wären die Auslassungen Burney's, welcher Quantz im Jahre 1772 flüchtig kennen lernte, wenigstens mit den Zusätzen der Bode'schen Uebersetzung seiner Reiseberichte im 3. Bande zu vergleichen. Hören wir statt seiner in dieser besondern Frage lieber Reichardt und Nicolai als wirklich maassgebende Augen- und Ohrenzeugen; Reichardt sagt:**) »Quantz hat 300 Concerte geschrieben, und alle für einen König geschrieben. Kann es nun wohl fehlen, dass sich auf den ersten Anblick viele ähnlich zu sein scheinen? Man untersuche sie aber nur genau, so wird man überall Verschiedenheit finden, und man wird erstaunen müssen über die Erfindung und über das unerschöpfliche Genie dieses Mannes. Was die bekannten Figuren***) anbelangt, so war es gar nicht anders möglich, als dass in vielen Aehnlichkeit sein musste: denn er musste sich ja beständig

---

*) Marpurg's Beiträge IV. B., S. 334—336.

**) Briefe eines aufmerksamen Reisenden d. Musik betr. (I. Th. 1774, S. 179 ff.)

***) »Ha, ha, das ist von Quantz, ich sehe es an den Zuckerhüten!« rief Kirnberger aus, wenn er solche Stellen (?Schusterflecke) in Quantz's Concerten zu Gesicht bekam; die Beiden waren nicht sonderlich befreundet. (S. Dulon's Leben, h. v. Wieland, I. Th., S. 108.)

nach der Fertigkeit und selbst nach dem Willen des Königs richten, und war also gezwungen, ihm seine Lieblings-Figuren oft anzubringen. In Ansehung der Begleitung hat er sich eine neue Manier gemacht, dass er nemlich die Stimmen nicht immer in voller Harmonie begleiten lässt. — Auch hat er sich in seiner Begleitung des Scherzare der Italiener oft mit sehr gutem Erfolge bedient.« Aehnlich urtheilt Nicolai;[*]) obgleich er nicht Musiker und von der Berliner Musik sehr eingenommen war, ist sein Urtheil doch wichtig: »Die langsamen Sätze in seiner grossen Menge von Concerten sind entweder zufrieden ruhig oder schmeichelnd, oder herzrührend; nicht klagend oder traurig, welches der König nicht liebte. — In einer gewissen Art der Begleitung der Concerte für die Kammer haben die Quantz'schen Concerte mehr Feinheiten als die Concerte irgend eines andern Componisten, welche wohl studirt zu werden verdienen. Gewiss ist's, dass Bach, der Quantz's Concerte täglich accompagnirte, sich in Absicht der Form mannigfaltig nach ihm gebildet hat. — So verdienen Quantz's Concerte, wenigstens von Componisten, die ihre Kunst lieben, nicht vergessen zu werden. Ungerechnet die Menge schöner Gedanken, würden sie in Partitur sehr lehrreich für das Studium sein.« —

Ob Quantz, wenn er als Hofcomponist nicht genöthigt gewesen, seine dem einen Instrumente zugewandte schöpferische Thätigkeit in gewissen Grenzen

---

*) Anekdoten I. B., S. 247 ff.; II. B., S. 149 ff.

zu halten, darüber hinaus eine andere, freiere oder reichere Entwickelung genommen haben würde, bleibe der müssigen Betrachtung zu beantworten überlassen. Es genügt zu erkennen, dass er, alles in allem genommen, ein schönes und nicht verflachendes Talent besass, dem es im Gegentheil vergönnt war, ein langes Leben hindurch eigenthümliche Erfolge zu erzielen. — Der Versuch überhaupt, im Vorstehenden zu einer möglichst richtigen Würdigung des Künstlers Quantz beizutragen, möge zum Schluss durch einen Ausspruch des berühmten jetzigen Nachfolgers desselben im Dresdener Orchester, des königlich sächsischen Kammermusikus M. Fürstenau, wie folgt, unterstützt werden:*) »Quantz war überhaupt eine bedeutende originelle Erscheinung, ein Mann von strengen Grundsätzen und ausserordentlichem Streben, der mit den berühmtesten Künstlern seiner Zeit in Verbindung stand und als Autorität galt.«**)

Die Bibliographie seiner Werke ist die folgende.

Anhang No. 5. 1. Versuch einer Anweisung die Flöte traversiere zu spielen; mit verschiedenen zur Beförderung des guten Geschmackes in der praktischen Musik dien-

*) Zur Geschichte der Musik u. des Theaters am Hofe zu Dresden. II. Th. (Dresden, 1862) S. 165.

**) Eben da ich dieses niedergeschrieben, setzt mich der verdienstvolle Künstler und Gelehrte in die erfreuliche Lage, über den Componisten Quantz ein durchaus praktisches, und zwar sehr zu seinen Gunsten lautendes Urtheil aus dem Concertsaal hinzuzufügen. Herr M. Fürstenau schreibt mir von einer so eben, 14. März 1877, im Tonkünstler-Verein zu Dresden von ihm veranstalteten und geschehenen ersten Aufführung eines Concerts G-dur f. Flöte m. Begl.

lichen Anmerkungen begleitet, und mit Exempeln erläutert. Nebst XXIV Kupfertafeln. Berlin, Voss, 1752 in 4°. Das Autograph, H. I—XVI, scheint die k. Univ.-Bibl. in Bonn zu besitzen. (2. u. 3. Auflage: Breslau, Korn, 1780 u. 1789. In's Französische übersetzt u. d. T.: Essai d'une Methode pour apprendre à jouer de la Flûte traversière; Berlin, Voss, 1752 in 4°. In's Holländische übersetzt durch J. W. Lustig, Organist zu Groningen, u. d. T.: Grondig Onderwys van den aardt en de regte behandeling der Dwarsfluit; Amsterdam, A. Olofsen, [1754] in gr. 4°; mit 21 Tafeln und eigenen Noten des Uebersetzers — schöne Ausgabe.) — 2. Lebenslauf von ihm selbst entworfen, in Marpurg's Beiträgen I. B., S. 197—250. — Antwort auf des Hrn. v. Moldenit gedrucktes s. g. Schreiben u. s. w., in Marpurg's Beiträgen IV. B., S. 153—191, auch S. 319. — U. d. Namen »Neologos« ersch.: (IV., VIII., X. u. XVIII.) Briefe an Em. Bach, J. G. Hofmann, L. Cochius u. F. W. Riedt, in den »kritischen Briefen« I. B., nebst »Urtheil« in Marpurg's Beitr. V, 113. — Anonym ersch.: Nachdruck des Vorberichts zu der ersten Sammlung aus-

von Streichinstrumenten u. Clavier von Quantz. Die Concertberichte von C. Banck und L. Hartmann heben den Charakterzug Händel'scher Musik: Würde, Hoheit und Festigkeit hervor, sowie im Arioso eine flötengemässe ungemein schöne elegische Stimmung. Das Concert von Quantz, von Hrn. Fürstenau musikalisch und virtuos gleich geschmackvoll vorgetragen, habe einen erquickenden Eindruck gemacht u. s. w.
Vollen Dank dem Wiedererwecker dieser alten, jedoch, wie es scheint, nicht ganz veralteten Literatur der Flöte! — Vivat sequens! —

erlesener Oden zum Singen beym Clavier, von der Composition des Hrn. C.-M. Graun, welche zu Berlin bey A. Wever 1761 herausgekommen sind; mit einigen Anmerkungen erläutert; 1761 (1 Bogen in 4°.). — An praktischen Werken, zunächst für Gesang: 3. Neue Kirchen-Melodien zu denen geistlichen Liedern des Hrn. Professor Gellert, welche nicht nach den gewöhnlichen Kirchen-Melodien können gesungen werden. Berlin, Winter, 1760 in 8°.; ohne Quantz's Namen von seinem Freunde S. F. S. (? S. Frhr. Sydow)*) herausggb. Enthält 22 Mel. für eine Stimme m. bez. Bass. (In v. Winterfeld's Kirchengesang — s. oben — sind 3 Mel. als Musikbeilagen 118—120 nach der autogr. Partitur für vier St. mitgetheilt.) — »Aria« für Sopran mit Streichquartett: »Padre perdona«, Ms.**) — Nach v. Ledebur's T.-K.-Lexikon Berlin's soll Quantz an dem Oratorium »Die Hirten bei der Krippe zu Bethlehem« von Ramler, welches von Agricola componirt u. den 25. Dec. 1757 in der Petrikirche zu Berlin aufgeführt wurde, mitgearbeitet haben. Dasselbe erwähnt auch einer Motette von Quantz a voce solo con strom. — 4. Verschiedene Beiträge zu Anhang No.6. Liedersammlungen, zu den »Oden mit Melodien« I. Th. (Berlin, Birnstiel, 1753), worin das Trinklied für Tenor u. Bass: »Ach, ich verschmachte! schenket ein!« — zu den »Berlinischen Oden u. Liedern«

---

*) S. Marpurg's Beiträge IV. B., S. 289.

**) Wurde mir von Herrn M. Fürstenau in Dresden zur Ansicht gesandt.

I. Th. (Leipzig, Breitkopf, 1756.*) — »Aria per la Sigra. Astrua: Sembra che il ruscelletto« m. Streichquartett, in der Hdschr. auf der k. Biblioth. zu Berlin u. d. T.: »Serenata fatta per l'arrivo della Regina Madre a Charlottenburgo, presentata per la primiera volta il 4. d'Agosto 1747. Di Federico II Ré di Prussia.« Diese Serenata war ohne Zweifel das Schäferspiel: »Il Ré pastore« von Villati, mit Musik vom König (Ouverture u. 2 Arien), Quantz, Nichelmann u. Graun, — nicht »Galatea ed Acide«.**) — An Instrumentalwerken: 5. Sei Sonate a Flauto Anhang No. 7. traversiere solo e cembalo. Opera prima. Dresda [1734.] König August III. gewidmet. — Solo f. d. Traversierflöte, im Mus. Allerley, 2. Samml. (Berlin 1761.) — 200 Flöten-Solos für König Friedrich, von denen sich noch 149 für Flöte allein u. mit Bass in der Musikalien-Sammlung des Neuen Palais bei Potsdam befinden; 20 Sonate a fl. tr. solo e cemb. in der königl. Bibl. zu Berlin, sowie einige andere im kgl. Joachimsthal'schen Gymnasium daselbst, in der Musikalien-Samml. S. M. des Königs von Sachsen zu Dresden und in Paris (Bibl. des Conservatoriums), sämmtl. Ms. — Westphal's Verzeichniss geschrb. Musikalien (Hamburg 1782), sowie Traeg's (Wien 1799)

---

*) In der holländischen Ausgabe: Haerlemse Zangen (Haerlem, Enschede, 1761 — auch typographisch interessant) ist der Beitrag (No. 20) von Quantz nicht als solcher nachgewiesen.

**) Vgl. L. Schneider: Gesch. d. Oper u. d. Kgl. Opernhauses in Berlin. (Berlin 1852) S. 119. (Auch Fétis, im Art. »Frédéric II«.) Die Ouv. vom König ist bei Trautwein erschienen.

enthalten neben Solos auch viele Uebungsstücke (Capricen, Fantasien u. Präludien, Solfeggi nebst Anweisung) f. Flöte; Breitkopf's themat. Cataloge von 1762 bis 1784 neben Solos f. Flöte*) auch solche f. Anhang Nr.7. Viola u. Oboe von Quantz. — 6. Sei Duetti a due Flauti traversi. Opera seconda. (Berlin, Winter, 1759.) Nebst französ. Vorrede auf 3 Seiten. — Auch verschiedene Flöten-Duos in den Cat. von Breitkopf u. Traeg (Ms.) — 7. Von seinen Trios und Quatuors sind noch 39 Trios im Ms. in der kgl. Mus.-Samml. zu Dresden vorhanden, meist f. 2 Flöten u. Bass, aber auch in der Zusammensetzung mit Violine, Oboe, Oboe d'amour u. Viola d'amour; fernere Trios befinden sich: Berlin (k. Joach. Gymn.), Paris (Conserv.), München (Hof- u. Staatsbibl.) und befanden sich früher bei Breitkopf in Leipzig. — 8. 300 Flöten-Concerte für König Friedrich, von denen sich noch 277, aber sämmtl. nur f. eine Flöte mit Streichquartett u. bez. Bass, im Neuen Palais bei Potsdam befinden; 26 Concerte f. Flöte in der kgl. Bibl. zu Berlin, sowie 2 Violin- u. 9 (theils unvollständige) Flöten-Concerte in der kgl. Mus.-Samml. zu Dresden (unter letztern 3 Doppelconcerte, gleich denen f. Violine stärker besetzt). Fernere Concerte f. Flöte befinden sich in Darmstadt (Hofbibl.) u. befanden sich früher bei Westphal u. Traeg, sowie besonders (14) bei Breitkopf in Leipzig, dessen Cat. auch je ein Concert f. Oboe d'amore u. f. Corno da Caccia von Quantz aufführen. —

*) U. a. Aria »Ich schlief, da träumte mir« con 28 Var. a fl. con basso.

Diese Angaben geben wenigstens einen ungefähren Ueberblick über Quantz's instrumentale Thätigkeit. Die Handschriften in Stimmen aus dem Potsdamer Schloss mit den Bezeichnungen »pour Charlottenbourg, pour Sans-Souci, pour le nouveau Palais« sind von der Hand des königl. Notisten geschrieben; dagegen scheinen in der Dresdener Sammlung einige Partituren von des Componisten eigener Hand herzurühren.

Endlich wären, der Vollständigkeit wegen, noch verschiedene untergeschobene oder nachgedruckte Werke kurz anzuführen: Solos u. Trios f. Flöte mit ital., engl. u. franz. Titeln in dem Auctions-Catalog Moetjens (A la Haye 1759), wohl meist Nachdrucke von Quantz's Op. 1 (der Cat. befindet sich im Besitz des Herrn Georg Becker in Genf u. enthält auch einige Trios u. Concerte im Ms. von Quantz). — Sonaten f. Flöte (s. Autobiographie). — »Suites des Piéces à 2 flûtes (Op. I)« in Boivin's Cat., Paris 1729, der »Quouance« druckt (vgl. Marpurg's Legende S. 222).

Anhang.

1. Nekrolog der „Berlinischen Nachrichten von Staats- u. Gelehrten-Sachen" vom 17. Juli 1773.

Potsdam, vom 14. Julii.

Am 12ten dieses, Vormittags um 9 Uhr, starb allhier an einem Steckfluss der Königliche Kammermusicus, Herr Johann Joachim Quantz im 77sten Jahre seines Alters. Er hat einige 30 Jahre in Seiner Majestät Diensten gestanden, und sich beständig Höchstdessen Gnade zu erfreuen gehabt. Man verliert an ihm einen der regelmässigsten, feurigsten, und erhabensten Instrumental-Componisten jetziger, und den unstreitig grössten Flötenspieler aller bisherigen Zeiten. Seine vortreffliche Composition, die sehr beträchtlichen Verbesserungen der Flöte traversière, welche er seit mehr als 40 Jahren grösstentheils dem Dienste Seiner Königlich-Preussischen Majestät gewidmet hat, und sein praktisches Lehrbuch: Versuch einer Anweisung die Flöte traversière zu spielen, genannt, werden sein Andenken unvergesslich erhalten. Sein überaus rechtschaffener Charakter, seine Frömmigkeit, die Treue, welche er in seinem Beruf, und die Wohlthätigkeit, welche er gegen die Armen bewies, nebst seinem freundschaftlichen guten Herzen setzen ihn unter die Zahl der verehrungswürdigsten Greise. (Aehnlich die „Berlinische privilegirte Zeitung" vom selben Tage.) Dass dieser Nekrolog auch besonders »der Wohlthätigkeit, welche Quantz gegen die Armen bewies,« erwähnt, mag als Gegengewicht betrachtet werden gegen die — wenn überhaupt gänzlich unanfechtbare — Beschuldigung in König's Histor. Schilderung Berlin's (5. Th. 2. B., Berlin 1799, S. 15): dass Quantz bei der ihm übertragenen Annahme von neuen Capellisten sich jedesmal 100 Thaler von deren Besoldung ausbedungen, ohne dass der König, sein Herr, davon etwas gemerkt habe; wie denn auch Emanuel Bach »Gewinnsucht in hohem Grade« von Reichardt (Mus. Almanach, Berlin 1796) zur Last gelegt worden ist, vielleicht weil dieser die Noten-Kupferplatten seines grossen Vaters um jeden Preis veräussern wollte. (S. übrigens Bitter's Em. Bach.) Obiger Zug von Wohlwollen und Wohlthun in Quantz's Charakteristik verdient, gegenüber solchen bedenklichen Angaben, umsomehr durch folgenden Brief desselben an eine heimathliche Verwandte heller beleuchtet zu werden; derselbe möge des Verständnisses halber hier ganz mitgetheilt werden:

»Potsdam den 5. August 1755.

Liebe Frau Mume,

Es thut mir hertzlich leid, dass mein lieber Vetter, Ihr seel. Mann, verstorben ist, und Sie mit vier unerzogenen Kindern verlassen müssen. Gott der allerhöchste, dessen Absichten in allen Fällen auf der Menschen bestes gerichtet sind, der den Wittwen und Weisen Vater ist, und der Sie von Jugent auf, so wunderlig erhalten hat, wird Sie und Ihre Kinder auch ferner in seine väterlige Vorsorge nehmen. was ich dazu beitragen kan, werde ich nicht unterlassen. Vertraue Sie Gott, und erziehe Sie die Kinder Christl. und ehrbahr. Gebe Sie mir eine genaue Nachricht von Ihren häusligen Umständen, und wie Sie gesonnen ist, sich für das Künfftige einzurichten. Nehme Sie verständige Leute zu rathgeber an, um wohl zu überlegen, ob es für Sie zuträgliger und vortheilhaffter ist, das Gut zu behalten oder zu verkauffen, den hierin kan ich nicht rathen, weil mir die Umstände davon nicht bekannt sind. Und weil Ihr das Handwerkzeug nichts nutzet, kann Sie verkauffen, oder auch andere unnöthige Sachen. anbey folgen 20 Thaler zum Begräbniss und anderen Ausgaben. Ich befehle Sie und Ihre Kinder in die göttliche Vorsorge und verbleibe

Ihr

Meine Frau grüsset Sie
und versichert ihr herzl.
Mitleiden.

treuer Freund
Quantz«

2. Handschriftlich aus meinem Exemplar der Anweisung zur Flöte.

Germanien, dein Quantz erblasst,
  Und seine Flöte schweigt!
O fühl's, was du verloren hast:
  Denn Friedrichs Quantz entfleucht.

Im Königlichen Sans-Souci,
  Der Weisheit offnem Thron,
Klagt die verwaiste Harmonie
  Um ihren Amphion.

Ein König klagt um seinen Quantz,
  Der in die Urne sinkt,
Und seiner Thränen Perlenkranz
  Mit in den Himmel bringt.

O sieh herab, verklärter Geist,
  Der Ewigkeiten Freund.
Vergiss, dass eine Welt dich preist,
  Da Friedrich dich beweint! —

3. Cantate, dem Andenken des Herrn Joh. Joachim Quantz, Königl. Hofcomponisten und Kammermusikus, gewidmet. (Kgl. Bibl. zu Berlin.)

(Textbuch mit lateinischem und deutschem Text.)

Chor.

Wie kann man ein so theures Haupt zu sehr beklagen,
  wie sich seiner Thränen schämen?

Die Freundschaft. Recit.

Was hindert ihr die Seufzer
Und den traurigen Gesang des Klagens?
Da der Musik ein edler Dichter
Zum Himmel flieget, soll sie nicht
Mit zitterndem Gesange seinen Flug begleiten?

Die Musik. Recit.

Zwar ist es Pflicht,
Auch Klagen in das Lied zu mischen.
Doch muss man mit des Jauchzens Stimme
Die scheidende Seele auch begleiten.

Denn durch des Todes schwarzen Schatten
Glänzt seines Ruhms Unsterblichkeit.

Arie.

O Quantz! der letzte Feind
Fand deine Seele unerschrocken,
Als er nach Gottes weisem Rathschluss
Den Faden deines Lebens zerriss. [Ende.]
Doch wer kann seinem Schmerz gebieten,
Wenn dich und mit dir seiner besten Kronen Eine
Das Musenchor vermisst?
Den Trost darf ich mir nicht versagen,
Auch schändet es nicht deinen Sieg,
Denn nur wir selbst sind zu beklagen.

[Vom Anfang.]

Die Religion. Recit.

Doch lass dich, Tonkunst! endlich trösten,
Des Feinds Besiegung heischt Päanen.
Der Sieger tauscht für seinen Lorbeer
Die neue Kron' und heisst Euch freun.

Die Freundschaft. Recit.

Auch freu ich mich, jedoch mit nassen Wangen,
Denn ach! wie sehr verwundet mich des grossen Mannes Tod.
Wie würdig ist des Dankes Denkmals
Sein treues, freundschaftsvolles Herz.

Arie.

Tönt, ihr Klagen, fliesst, ihr Thränen,
Fliesst auf seine Gruft dahin!
Ihr sollt unsers Dankes Zeugen
Seinem Schatten heilig sein. [Ende.]

Bringt zu seinem dunklen Grabe,
Bringt, o Freunde! mir Cypressen.
Ich will sie mit meinen Händen
Hier auf seinem Grabe pflanzen,
Und mit meinen Thränen netzen,
Ich will sie mit Kränzen zieren,
Will sie meine Klagen lehren.
[Vom Anfang.]

Die Ewigkeit. Recit.

Doch Cedern und Cypressen, ja selbst den Marmor,
Zerfrisst der Zahn der Zeit.
Der Ruhm so eines grossen Mannes bleibet ewig,
Den nehme ich in meinen Schutz.
Denn die durch seine Kunst verdienten Ehrenzeichen
Und die gerechte Freundschaft, die ihn stets bewundert,
Und jedes gute Herze stimmt mir bei.
Lasst uns daher an seinen Liedern uns ergötzen,
Und unsre Augen trocknen.
Ich stimme selbst dem Schatten
Des grossen Manns zu Ehren, Lieder an.

Arie.

So steige denn hinauf zum Hof der Ewigkeit,
Geselle dich zum Chor der Singenden und Jauchzenden.
[Ende.]
Verlache dort der Menschen eitle Sorgen,
Und sieh die Nachwelt dich bewundern,
Den Nachruhm deiner Kunst durch viele Seklen dringen.

Germanien. Recit.

Ich Glückliche! Die Musen
Verkünden meine Stimme.

Ich schweige gern, und wünsche
Dem Leichnam meines Freundes leichte Erde.

Chor.

Die Tugend öffnet dem Unsterblichen
Den Himmel selbst, und führet ihn durch nie betretne
Wege.
Wenn sie gen Himmel strebt, verachtet sie
Die Zunft der pöbelhaften Seelen und die niedre Erde.

4. Drei Briefe von König Friedrich an seine Schwester Wilhelmine Markgräfin von Bayreuth.

(Oeuvres, tome XXVII. Berlin, 1856.)

Berlin, 12. Janvier 1736.

Ma très-chère soeur,

Je profite du départ de Quantz pour vous assurer, ma très-chère soeur, de ma parfaite amitié; je lui ai donné ci-joint un concerto de ma composition, comme il m'a paru que vous souhaitiez d'en avoir un. Je souhaiterais que j'eusse pu vous envoyer quelque chose de meilleur, et qui pût vous être plus agréable. Vous trouverez Quantz d'un orgueil plus insupportable qu'il ne fut jamais, et le seul moyen d'en venir à bout est de ne le pas traiter trop en grand seigneur. Je vais demain à Potsdam faire pénitence et mes dévotions. Adieu, ma très-chère soeur; je me recommande à la continuation de vos bonnes grâces, vous priant de me croire avec une tendresse à toute épreuve, ma très-chère soeur, etc.

Je vous supplie de faire mes grands compliments au Margrave.

Remusberg, 23 novembre 1738.

Ma très-chère soeur,

Il m'est impossible de laisser partir Quantz sans vous assurer de mon tendre attachement. J'aurais bien envié le bonheur qu'il aura de vous rendre ses devoirs, si je ne me flattais encore de je ne sais quelle espérance vague et peut-être chimérique de vous revoir. Je voudrais que la flûte de Quantz, qui parle infiniment mieux que lui, puisse vous dire par ses sons les plus sonores, les plus touchants, par les adagios les plus pathétiques, tout ce que mon coeur pense et me suggère sur votre sujet. Si vous vous sentez toucher par ces sons vainqueurs de nos sens, songez un peu à toute l'étendue de la tendresse et à tout ce que je vous dirais sur ce sujet, si j'étais assez heureux que de vous entretenir. Le feu de ces allégros est le vif emblème de la joie que me causera le moment où je pourrai vous posséder. Mais sans pousser à l'allégorie plus loin, j'espère que vous serez convaincue de tous les sentiments avec lesquels je suis inviolablement, ma très-chère soeur, etc.

Oserais-je vous prier de faire mes compliments au Margrave et à tous ceux d'entre votre train qui tiennent à la vieille roche?

Ce 7 (février 1753.)

Ma très-chère soeur,

Si j'avais la lyre d'Amphion, je l'enverrais aussitôt au Margrave, pour qu'il pût rebâtir son château à l'aide de ses sons harmonieux. Je lui envoie dans la place ce que j'ai: c'est une flûte qui a l'art d'adoucir le chagrin et de faire diversion aux malheurs*) qui nous arrivent. J'ai pris à la hâte sept concertos (de Quantz) que j'y ajoute, et je continuerai chaque jour de poste à vous envoyer les autres. — —

5. Die verschiedenen Ausgaben der Flötenschule von Quantz.

a) Johann Joachim Quantzens, Königl. Preussischen Kammermusikus, Versuch einer Anweisung die Flöte traversiere zu spielen; mit verschiedenen, zur Beförderung des guten Geschmackes in der praktischen Musik dienlichen Anmerkungen begleitet, und mit Exempeln erläutert. Nebst XXIV. Kupfertafeln. BERLIN, bey Johann Friedrich Voss. 1752. 4°.

Widmung: Friederich, Könige in Preussen u. s. w., 2 Bl. — Vorrede (Berlin, geschrieben im September 1752), 3 Bl. — Einleitung. Von den Eigenschaften, die von einem, der sich der Musik widmen will, erfodert werden. 21 §§. S. 1—22. — Hauptstück I bis XVIII. S. 23—334. Kurze Historie und Beschreibung der Flöte traversiere. Von Haltung der Flöte und Setzung der Finger. Von der Fingerordnung oder Application, und der Tonleiter oder Scala der Flöte. Von dem Ansatze (Embouchure.) Von den Noten, ihrer Geltung, dem Tacte, den Pausen, und den übrigen musikalischen Zeichen. Vom Gebrauche der Zunge, bey dem Blasen auf der Flöte: vom Ge-

---
*) Feuersbrunst 1753.

brauche der Zunge mit der Sylbe: *ti* oder *di;* vom Gebrauche der Zunge mit dem Wörtchen: *tiri;* vom Gebrauche der Zunge mit dem Wörtchen: *did'll*, oder der sogenannten Doppelzunge. (Anhang. Einige Anmerkungen zum Gebrauche des Hoboe, und des Bassons.) Vom Athemholen, bey Ausübung der Flöte. Von den Vorschlägen, und den dazu gehörigen kleinen wesentlichen Manieren. Von den Trillern. Was ein Anfänger, bey seiner besondern Uebung, zu beobachten hat. Vom guten Vortrage im Singen und Spielen überhaupt. Von der Art das Allegro zu spielen. Von den willkührlichen Veränderungen über die simpeln Intervalle. Von der Art das Adagio zu spielen. Von den Cadenzen. Was ein Flötenist zu beobachten hat, wenn er in öffentlichen Musiken spielet. Von den Pflichten derer, welche accompagniren, oder die einer concertirenden Stimme zugeselleten Begleitungs- oder Ripienstimmen ausführen: von den Eigenschaften eines Anführers der Musik; von den Ripien-Violinisten insbesondere; von dem Bratschisten insbesondere; von dem Violoncellisten insbesondere; von dem Contraviolonisten insbesondere; von dem Clavieristen insbesondere; von den Pflichten, welche alle begleitenden Instrumentisten überhaupt in Acht zu nehmen haben. Wie ein Musikus und eine Musik zu beurtheilen sey. — Register der vornehmsten Sachen, 10 Bl. — Tab. I—XXIV auf 12 Bl. — Am Kopfe der Einleitung eine Vignette von G. F. Schmidt: Principium Musicum (Pythagoras neben der Schmiede). Am Ende des letzten Hauptstücks eine desgl.: Executio anima compositionis (Quantz, die Flöte blasend im Concert bei Friedrich d. Gr.).

Zweite u. dritte Auflage. Breslau, 1780 u. 1789, bey Johann Friedrich Korn d. ä. 4°. — Inhalt derselbe. — Am Kopfe der Einleitung eine andere Vignette (Ex gemm. antiqu.) Am Ende keine Vignette. —*)

b) Essai d'une Methode pour apprendre à jouer de la Flûte Traversière, avec plusieurs remarques pour servir au bon goût dans la Musique. Le tout éclairci par des exemples et par XXIV Tailles douces par Jean Joachim Quantz, Musicien de la Chambre de Sa Majesté le Roi de Prusse. A Berlin, chez Chrétien Frédéric Voss 1752. In-4°. Au Roi. — Préface**). — Introduction. — Chapitres I.—XVIII. — Table alphabétique des principales matières. — XXIV Tailles douces. — Dieselben Vignetten wie bei der deutschen Ausgabe von 1752.

Eine Ausgabe der »XXIV Tailles douces contenants des exemples qui appartiennent à l'Essai« etc.

— Berlin 1765 — lässt es zweifelhaft, ob in diesem Jahre eine neue Auflage der französischen Ausgabe der Anweisung erschienen ist.

---

*) Vgl. Schlegel, Grdl. Anw. d. Fl. z. sp., nach Quantz'ens Anw. Graz 1788. Dauscher, Kl. Handbuch der Musiklehre u. vorz. d. Querflöte. A. d. besten Quellen geschöpft. Ulm 1801. (Nach Quantz, Tromlitz ff.)

**) Hier ist der Absatz gegen Ende: »Wenn ich mich in dieser Schrift zuweilen einiger ausländischer Wörter bediene« u. s. w. fortgeblieben; dagegen als neuer vorletzter Absatz hinzugetreten: »Afin que mon livre, que j'avois écrit en Allemand, puisse aussi être utile à d'autres Nations, je l'ai fait traduire en François, et c'est pour la même raison, que dans la traduction il a fallu employer deux manières pour dénominer les notes.«

c) Grondig Onderwys van den aardt en de regte behandeling der Dwarsfluit; verzeld met eenen treffelyken regelenschat van de Compositie en van de uitvoering der voornaamste muzyk-stukken, op de gebruikelykste instrumenten; door lange ondervinding en schrandere opmerking, in de groote muzykaale wereld, verzameld door Johann Joachim Quantz, Kamer-Musicus van Zyne Koninglyke Majesteit van Pruissen. Uit het Hoogduitsche vertaald door Jacob Wilhelm Lustig, Organist van Martini Kerk te Groningen. Te Amsteldam, by A. Olofsen, Boek-en Muziekverkooper. [1754.] In-4°.

Voorrede van den Auteur. — De Vertaaler aan den bescheiden Leezer. — Berigt van den Drukker aan den Leezer. — Naam-Lyst der Heeren Inteekenaaren. — Tafel der verhandelde Onderwerpen. — »Inleiding« und 24 Capitel in 570 §§ auf 240 Seiten; mit Anmerkungen des Uebersetzers. — Register van de voornaamste hier aangetrokken Auteuren en verklaarde Zaaken. — Tab. I—XXI auf 11 Bl. — Ohne Vignetten, aber splendide gedruckt; Titel abwechselnd in Schwarz- u. Rothdruck. —*)

Bei diesen Ausgaben der Flötenschule ist auch zu nennen: Application pour la Flûte traversière avec deux clefs, dont la petite est marquée avec un b, et la courbée avec un ♯ etc. Fol. (Nach Breitkopf's Verz. mus. Bücher, S. 54, — ob von Quantz, bleibt

---

*) Vgl. Verhandeling over de Muziek etc.; in's Gravenhage, by Jan Abraham Bouvink, 1772. Pag. 70 ff., 89, 104 (wo nach dieser holländischen Ausgabe von Quantz's Schule gelehrt wird.)

ungewiss. Vgl. auch Marpurg's Beitr. IV. B., 3. St. im Artikel gegen Moldenit.)

6. Beiträge von Quantz zu weltlichen Liedersammlungen.

Ach! ich verschmachte. Schenket ein! (Der Trinker.*)) Dichter unbekannt. Für Tenor u. Bass. — In den »Oden mit Melodien« I. Theil; Berlin, Birnstiel, 1753; 2. Aufl. 1754. — Ferner in den »Liedern der Deutschen mit Melodien« I. Buch; Berlin, Winter, 1767. (Der Durstige.) — Neuerdings auch in C. F. Becker's »Liedern u. Weisen vergangener Jahrhunderte«; Leipzig, 2. Aufl., 1853 — S. 51 der 2. Abtheilg. (Nur Tenor-Stimme.)

Holde Phyllis, die Göttinnen — (Die Vergötterung.) Dichter: v. Hagedorn. — Oden m. Mel., Berlin 1753 (1754).

Wenn ich mir ein Mädchen wähle. Dichter: Ramler. — Oden m. Mel., Berlin 1753 (1754).

Welche Gottheit soll auch mir einen Wunsch gewähren? (Die Wünsche.) Dichter: Uz. — Oden m. Mel., Berlin 1753 (1754). Ferner: Lieder d. Deutschen m. Mel., Berlin 1767 (Das Pantheon.)

Kleine Schöne, küsse mich! (An eine kleine Schöne.) Dichter: Lessing. — Neue Lieder zum Singen beym Clavier, von F. W. Marpurg; Berlin, Lange, 1756.

---

*) Im ersten Original steht: Der Säufer. — Sämmtl. Autoren der Oden-Melodien bei Birnstiel 1753 sind nur aus der Recension in Marpurg's Beitr. I. B., S. 56 bekannt geworden.

‚Gewiss! der ist beklagenswerth. (Die verliebte Verzweiflung.) Dichter: v. Hagedorn. — Berlinische Oden und Lieder I. Theil; Leipzig, Breitkopf, 1756. Diese ganze Sammlung ist (mit dem Beitrag von Quantz im Register vergessen) auch holländisch gedruckt u. d. T.: »Haerlemse Zangen, in Musicq gesteld by de Heeren Marpurg, Agricola, Schale, Nichelman, Bach, en andere vermaarde Componisten, en in Nederduytse Dichtmaat overgebragt door J. J. D. Te Haerlem, gedrukt ter Musicq-Drukkery van Jzaak en Johannes Enschede. MDCCLXI.« Das Lied von Quantz ist übersetzt: Een Minnaar is beklagenswaard. (De verliefde Desperatie.)

7. Die gedruckten Instrumental-Werke von Quantz.

Sei Sonate a Flauto Traversiere solo, e Cembalo, dedicate alla Maestà d'Augusto III. Re di Pollonia, Elettore di Sassonia, da Gio: Gioacchino Quantz, Sonatore di Camera di S. M. Opera prima. Dresda. [1734.] — Gestochen. In quer-folio.

Widmung in italienischer Sprache (1 Blatt). — 6 Sonaten auf 24 S.

Sonata I: Adagio, Presto, Gique — A moll. Sonata II: Cantabile, Alla breve, Vivace — B dur. Sonata III: Amabile, Allegro, Un poco Vivace — C moll. Sonata IV: Grave e sostenuto, Presto, Allegro — D dur. Sonata V: Cantabile, Presto, Vivace — E moll. Sonata VI: Larghetto, Allegro ma non tanto, Presto — G dur.

Sei Duetti a due Flauti traversi da Gio. Gioacchino Quantz. Opera seconda. Stampata da Giorgio Ludovico Winter a Berlino, 1759. — In hochfolio. Mit Titelvignette von B. Rode: Harfen- und Flötenspieler.

Avant-Propos: — à Berlin, ce 2 Mai 1759. (III S. Der Name hier, wie auf dem Titel, fälschlich Quanz gedruckt.) — 6 Duos auf 28 S. Duetto I: Allegro G dur, Larghetto G moll, Presto G dur. Duetto II: Allegro assai A moll, Andantino A dur, Presto A moll. Duetto III: Allegro H moll, Larghetto alla Siciliana G dur, In Tempo di Minuetto ma Grázioso H moll. Duetto IV: Allegro C dur, Affettuoso F dur, Presto C dur. Duetto V: Allegro D dur, Mesto A moll, Allegro di molto D dur. Duetto VI: (Grave) Allabreve ma Presto E moll, Cantabile G dur, Più tosto Vivace (Canone infinito) E moll.

Das so eben mir zu Händen gekommene von Herrn L. Patschke's Hand für mich angefertigte thematische Verzeichniss sämmtlicher im Neuen Palais bei Potsdam aufbewahrten Concerte und Sonaten von Quantz weist einige Abweichungen von den auf. S. 37 und 38 darüber gemachten Mittheilungen auf, so dass ich mir nachträglich erlaube, sowohl berichtigend als auch ergänzend nochmals darauf zurück zu kommen und zugleich die Notizen über den Bestand der Dresdener königl. Sammlung mit zu berühren.

Nicht 277, sondern 291 Concerte (einschl. der beiden durch Allerhöchste Gnade mir zu eigen gewordenen No. 16 und 300, von welchen Abschriften zurückbehalten), sämmtlich mit Ausnahme des allerletzten mit der Ueberschrift „pour Charlottenbourg" versehen, werden heute am genannten Orte wohlgeordnet aufbewahrt, — eine gewiss merkwürdige Masse von Material zur Geschichte der Entwickelung der Instrumental-Musik, im besondern der Flöten-Literatur, da die Concerte (und Sonaten) freilich wohl einer Feder entsprossen sind, aber sich über.den Zeitraum von 30—40 Jahren erstrecken. (Einige doppelt vorhandene, aber unvollständige Concerte sind nicht mitgezählt.) Die nähere Betrachtung des genauen Catalogs zeigt Folgendes. An s. g. Doppel-Concerten sind allerdings 4 darunter: No. 4 in G dur zu 10 Stimmen (2 Flöten, 2 Oboen, Violino concertato, Viol. I rip., Viol. II, Viola, Fag. u Cemb.), dessen Partitur (? Autograph) sich als No. 1 zu Dresden befindet; No. 59 in G dur (? Emoll) zu 7 Stimmen (Fl. I, Fl. II od. Oboe, Viol. conc., Viol. I rip., Viol. II, Viola u Basso); No. 60 in D dur zu 6 Stimmen (2 Fl., 2 Violinen, Viola u. Bass), dasselbe wie No. 3 zu Dresden; endlich No. 89 in G dur (besetzt wie No. 60).

Zu Anfang gewahrt man ferner, dass Quantz öfters die sonst durchgehende Besetzung der einfachen Concerte (a 5: Flöte mit Streichquartett) auf nur 4 Stimmen (Viola wegfallend) beschränkt, auch einmal den 5 Instrumenten noch Violino concertato hinzugesetzt hat. Von den einfachen oder gewöhnlichen Concerten sind 3 auch in Dresden vorhanden, darunter das von Hrn. M. Fürstenau wieder aufgeführte in G dur No. 161 (No. 6 in Dresden mit vermuthlicher Autograph-Partitur); 2 findet man in Darmstadt wieder und 26, gewissermassen eine Auswahl aus allen Zeitläufen darstellend, bewahrt die Berliner kgl. Bibliothek als vermuthliche Dubletten für Sans-Souci (also auch Original-Abschriften). Hierbei wäre zugleich zu berichtigen, dass nach Vergleich der them. Verzeichnisse von Potsdam und Dresden die auf S. 38 als Violin-Concerte gemeinten beiden Concerte vielmehr als Doppel-Flöten-Concerte anzusehen sind, deren in Dresden nun wenigstens 5 vollständige einzusehen wären. An Solos für Flöte oder „Sonate per il Flauto traverso solo e Basso" besitzt das Neue Schloss (alle „pour le nouveau Palais" überschrieben) nicht 149, sondern 151 Stück, mit grossen Lücken von No. 1 bis 361 reichend, von denen verschiedene auch unter den 20 Sonaten auf der Berliner kgl. Bibliothek (in einem Bande) sich wieder- finden. Da nun Quantz nur 200 Solos für den König gemacht haben soll und wird, so bleibt mir, wenigstens zur Zeit, keine andere passende Erklärung für die auffällig weitreichende Numerirung der Potsdamer Solos, als dass sie mit des Königs zahlreichen selbst gesetzten Solos gemeinschaftlich bezeichnet wurden; diese königlichen, wie die fehlenden von Quantz, würden dann etwa irgendwo anders sich befinden. Uebrigens sei noch bemerkt, dass die Concerte alle, wie bekannt, drei Sätze, die Solo-Sonaten von Quantz indess abwechselnd auch vier aufweisen, und dass ausser den gewöhnlichen Tempo- und Charakter-Bezeichnungen auch Ueberschriften der Sätze wie „Siciliana", „Tempo di Minuetto", „alla Forlana", ‚Gique", u. a. — aber mehr bei den Sonaten — vorkommen.